Cuidemos a nuestro conejito nuevo

Mercè Segarra y Berta Garcia,
Rosa M. Curto

BARRON'S

Adoptamos una mascota

Es un animalito peludo, de ojos grandes y brillantes, orejas largas y una nariz que no para de moverse. ¿Sabes qué mascota ha adoptado la familia de Paula?

¡Un conejito! Paula está tan contenta que no para de saltar. Ahora sólo hace falta que escoja un nombre. ¿Cuál le pondrías tú?

El primer día en casa

Blanquita es muy tímida y se asusta con tanta facilidad, que al ponerla en su jaula se va rápidamente hacia un rincón.

Paula intenta imaginar cómo se debe sentir Blanquita, rodeada de un montón de humanos que no conoce. Mejor dejarla sola para que se acostumbre a su nueva jaula.

Sus cosas

Serrín

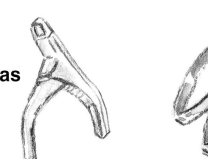

Cortaúñas

Arnés

Pinzas de madera

Cuenco de comida

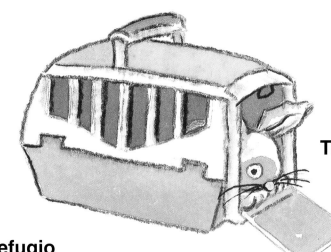

Transportador

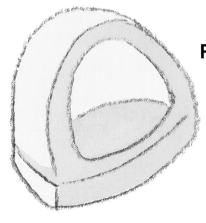

Refugio

Cepillos

Jaula

Alimento

Caja para jugar

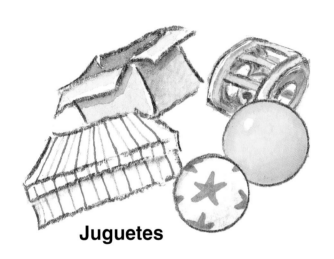

Juguetes

Bandeja para las necesidades

Abrevadero de agua

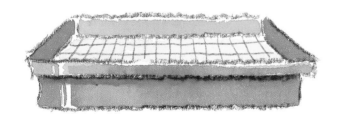

Rollos de cartón

¡Soy responsable!

Los padres de Paula decidieron adoptar un conejito después de hablar mucho con ella: lo tendrás que cuidar, ponerle agua y comida cada día, lavar los cuencos de comida, bebida y la bandeja de sus caquitas –que son pequeñas y redonditas–, ¡y tener mucha paciencia! ¡Es una gran responsabilidad!
¡Un conejo no es ningún juguete!
–le dijo su madre.

Poco a poco

Paula quiere que Blanquita sepa que ella no quiere hacerle daño, que quiere ser su amiga y que le gustaría cuidarla. Pero, ¿cómo lo tiene que hacer? Primero se acerca y le habla tranquilamente, con voz muy suave.

Después, lentamente, le acerca su mano para que Blanquita la pueda olfatear.
Cuando ya no está asustada, le ofrece alguna cosa que le guste para comer.
Poco a poco, Blanquita la va conociendo y se da cuenta de que no le quiere
hacer daño.

Hacerse

¡Toma Blanquita! –le dice Paula. Blanquita se acerca poco a poco porque ya sabe que eso quiere decir que le trae una golosina: ¡un trozo de zanahoria!

amigos

Paula se tumba en el suelo y abre la puerta de la jaula. Blanquita no tarda mucho en decidirse a salir y olfatear a su nueva amiga. Después, Paula empieza a acariciarla y cuando ve que ya está tranquila, ¡empiezan a jugar!

A prueba de conejos

Blanquita tiene mucha curiosidad por los cables, la alfombra, el sofá...y le gusta roerlos. El padre de Paula da una palmada y le dice "NO" con voz firme. Si Blanquita sigue royendo, él la encierra en su jaula. Poco a poco Blanquita aprende que su libertad está asociada a su buen comportamiento.

Aun así, la nueva familia de Blanquita ha hecho la casa a prueba de conejos, escondiendo y protegiendo los cables y retirando cosas que puedan ser peligrosos. ¡Además, Paula ya sabe que nunca tiene que dejar su conejito suelto o sin vigilancia!

Libros e internet

Paula ha consultado la internet y ha leído que los conejos son mamíferos, es decir que nacen de la barriga de la madre y que maman su leche. También ha aprendido que, cuando crían, los conejos pueden tener hasta diez crías.

Los conejos tienen unos dientes que no paran nunca de crecer, por eso los tienen que desgastar royendo cosas.
¡Ahora Paula ya entiende por qué roe los muebles!

Idioma

Cuando mueve la nariz rápidamente quiere decir que está muy interesada por alguna cosa.

((GRRR))

Cuando gruñe quiere decir que está muy enfadada. Mejor no te acerques, porque podría morderte o arañarte.

Cuando tiene miedo o se enfada, golpea fuerte el suelo con las patas de atrás, haciendo mucho ruido.

de conejo

Cuando está enfadada gira
las orejas hacia atrás.

Es tan entrometida que se pone derecha
sobre las patas de atrás para ver mejor
todo lo que le llama la atención.

Cuando quiere salir de la jaula
muerde frenéticamente los barrotes:
¡necesita hacer ejercicio!

Blanquita ha decidido que el rincón del pasillo es un lugar perfecto para hacer sus necesidades. Le dicen que no lo haga y limpian el rincón con vinagre blanco, pero nada parece funcionar. Por eso, ponen en el rincón del pasillo una bandeja como la que tiene en la jaula.

Blanquita aseada

Una vez que Blanquita se acostumbre a usar la bandeja todo
el tiempo, la sacarán: quizás si no encuentra la bandeja decida
que es mejor hacerlo en la jaula. ¡Es bastante lista para aprenderlo!

¡Tómenla bien!

A Blanquita no le gusta ir en brazos si no la toman bien.
Paula ya lo sabe, pero su hermanito no lo tiene tan claro.
Cuando no la toman correctamente, Blanquita clava
golpes de pie y lucha para liberarse. Si no la dejan
estar, podría acabar haciéndole daño al pequeño
o a ella misma.

Paula le dice a su hermanito: ¡cuidado!
Blanquita está insegura cuando sus patas
no están en contacto con nada. Deja
que apoye sus patas sobre tu pecho
y acaríciale las orejas delicadamente
con la otra mano. Así se sentirá
más segura.

Un buen cepillado

Cada sábado por la mañana, Paula cepilla el pelo de Blanquita para sacarle todos los pelos caídos. La toma con mucho cuidado.

¡No!

¡Nunca debes estirar un conejo por las orejas ni por la piel del cogote!

Mientras Paula la cepilla, no deja que su hermanito pequeño le toque los bigotes: ¡le sirven para orientarse!—le dice.

¡No!

Adiestrar conejos

Paula ya sabe que un conejo no es un perro ni un gato.
Por eso tiene claro que no puede adiestrar a Blanquita de la
misma forma, aunque sea tan despierta como un perro y
cariñosa como un gato.

Con mucha paciencia quizás consigue que venga cuando la
llame por su nombre. Y una golosina sana, que no sea un
dulce, siempre ayuda.

Malas compañías

Un amigo de Paula acaba de adoptar dos conejos, una pareja para que se hagan compañía, ya que a los conejos no les gusta estar solos.

Pero ahora tienen un problema muy grande: los conejos no se avienen y se pasan el día peleando. Tendrán que ponerlos en jaulas separadas. Han consultado al veterinario y tendrán que empezar una terapia de amistad hasta que sean amigos y puedan convivir juntos.

Besitos de conejo

Paula y Blanquita ya son buenas amigas. Blanquita persigue a Paula y cuando la niña se tumba en el suelo, Blanquita le mete la cabeza entre los dedos de la mano pidiendo caricias y mimos. Está tan a gusto, que a veces rechina los dientes y hace una especie de ronroneo, como hacen los gatos.

¡A Paula le encanta cuando le responde dándole besitos de conejo!

Formas y colores

Cierra los ojos e imagina un conejito. ¿Qué parece? ¿De qué color es? ¿Es grande o pequeño?

Hay conejos que tienen las orejas para arriba.

Los hay que tienen las orejas para abajo.

Hay conejitos
que son blancos,
grises o con manchas de color.

Pueden ser gordos o
delgados, como una liebre.

Pueden tener el pelo corto o largo,
como los conejitos de Cachemira.

Pero para ti, tu conejito es el más especial y el más lindo de todos, ¿verdad?

CASITA DE CARTÓN

Tú mismo puedes construir esta casita de cartón, donde tu conejo podrá jugar y divertirse.

Material: una caja de cartón de unas 24 x 24 pulgadas y 16 pulgadas de alto, lápiz, goma de borrar, tijeras, cinta adhesiva. Para decorarla usa rotuladores de diferentes colores.

Elaboración:

1. Recorta las solapas de la caja de manera que quede descubierta por la parte superior y refuerza (si hace falta) los laterales de la caja con ayuda de la cinta adhesiva.

2. Dibuja la silueta de cada uno de los agujeros en cada lateral. Piensa que por estos agujeros entrará y saldrá el conejito, y por lo tanto tendrán que tener unas 6 pulgadas de diámetro. Puedes hacer a un corazón, un triángulo, un cuadrado…

3. Con ayuda de un adulto, haz las aperturas por la línea que has trazado, utilizando las tijeras.

4. Una vez hechas las aperturas, decora el resto de la caja a tu gusto. Puedes dibujar hierba, flores, caracoles, mariquitas…

Consejos del veterinario

Adoptar un conejo

Antes de adoptar un conejo tienes que tener claras una serie de cosas que son muy importantes:

- Los conejos tienen los huesos muy delicados, así que si no los tratas con cuidado les puedes hacer mucho daño.
- En estado salvaje, los conejos son cazados por muchos animales. Por eso se asustan mucho si te acercas a ellos gritando o corriendo. Si lo persigues para acariciarlo puede pensar que lo quieres cazar y nunca más querrá saber nada de ti. Te tienes que acercar poco a poco y hablándole en tono suave hasta que te conozca.
- A muchos conejos no les gusta que los cojan en brazos y prefieren sentarse a tu lado o encima de tu regazo.
- Necesitan salir de la jaula para hacer ejercicio al menos dos horas al día. Pueden salir al exterior, siempre que sea un sitio seguro y vallado, vigilando que no pueda hacer túneles.

Si respetas lo que le gusta, seguro que querrá estar a tu lado, porque les encanta la compañía. Pero si lo que quieres es correr y gritar, te convendrá tener otra mascota. Ya sabes que las mascotas no son ningún juguete, sino seres vivos a los que debes cuidar con responsabilidad y de la mejor forma posible.

Cosas que hay que vigilar

No adoptes nunca un conejito de menos de un mes de edad, porque todavía tendrá que mamar para que crezca sano y feliz. Además, tienes que vigilar que tenga los ojos limpios y brillantes (que no lagrimeen ni estén inflamados), los dientes de delante tienen que encajar perfectamente entre ellos, la nariz tiene que estar seca, las orejas limpias y sin costras y el pelo brillante y sin áreas con calvicie. Y si cuando lo hayas adoptado ves alguna de estas cosas, debes acudir rápidamente al veterinario.

Sus cosas

Abrevadero de agua: en tu tienda de animales puedes encontrar abrevaderos gota a gota o de biberón. Un conejo puede vivir bastante tiempo sin comer, pero no puede vivir sin agua. Tienes que vigilar que siempre tenga agua fresca.

Absorbente orgánico: como el serrín prensado, para que pueda hacer sus necesidades. Tiene que ser 100% natural. La arena para gatos no es recomendable para conejos. También hay que evitar las camas hechas con madera de cedro y pino, porque pueden ser tóxicas.

Madera y juguetes para roer: los venden en las tiendas de mascotas, pero también puedes improvisar: una caja de cartón sin grapas, o de madera que no sea tóxica.

Periodo de adaptación

Al llegar a casa, durante las primeras horas, tienes que dejar tu conejito tranquilo dentro de su jaula. Lo más probable es que se quede en un rincón hasta que se confíe y empiece a investigar su nueva casa. Las primeras semanas es importante no hacer ruidos fuertes que le puedan asustar. Cuando te acerques a la jaula habla suavemente para que reconozca tu voz. Pasado un tiempo, ya no se esconderá cuando te acerques, sino que buscará el contacto de las personas, acercándose y buscando caricias y mimos.

Cuando quieras que salga de la jaula, lo mejor es ponerla en el suelo y abrir la puerta mientras tú lo esperas tumbado en el suelo un poco apartado de la jaula: si lo tuvieras que coger para entrar y salir te podría costar mucho más ganarte su confianza. Puedes ofrecerle una golosina, como una zanahoria. Deja que sea él el que se acerque y compruebe que eres amigable. Si tienes paciencia, no tardará en acercarse para inspeccionarte. Con el tiempo te pedirá que le rasques la frente: ¡les encanta!

La bandeja lavabo

Los conejos son bastante aseados y pueden dejarse en libertad por casa, pero los primeros días es mejor que estén en la jaula. Cuando se haya acostumbrado a hacer sus necesidades en su bandeja, lo podrás dejar pasear con libertad. Es posible que en estos paseos, tu conejito escoja algunas esquinas para hacer sus necesidades. Si colocas bandejas en estos rincones, tu conejito se acostumbrará a que la bandeja es el lugar donde debe hacer las necesidades. Cuando ya lo tenga claro, puedes ir retirando las bandejas y dejar sólo aquéllas que tus padres hayan escogido. Si las hiciera fuera de la bandeja, puedes recogerlas con un papel y ponerlas dentro de la bandeja: ¡así las reconocerá por el olor!

CUIDEMOS A NUESTRO CONEJITO NUEVO

Primera edición para Estados Unidos y Canadá publicada en
2008 por Barron's Educational Series, Inc.

Título original: *UN CONEJO EN CASA*
© Copyright GEMSER PUBLICATIONS S.L., 2007
C/Castell, 38 Teià (08329) Barcelona, Spain (World Rights)
Tel: 93 540 13 53
E-mail: info@mercedesros.com
Autores: Mercè Segarra y Berta Garcia
Illustraciones: Rosa María Curto

Dirigir todo consulta a:
Barron's Educational Series, Inc.
250 Wireless Boulevard
Hauppauge, New York 11788
www.barronseduc.com

Número Internacional de Libro-13: 978-0-7641-3876-8
Número Internacional de Libro-10: 0-7641-3876-6

Número de Catálogo de la Biblioteca
de Congresso de EUA: 2007935853

Printed in China
9 8 7 6 5 4 3 2 1